MYSTÈRE™

La revanche de l'araignée

Loi n° 49-956 du 16 juillet 1949
sur les publications destinées à la jeunesse :
avril 2008.

www.martinmystere.com

ISBN : 978-2-266-18230-0

Martin Mystère™

La revanche de l'araignée

Gilles Legardinier
d'après un scénario
de Jeff Biderman

POCKET
jeunesse

Direction opérationelle
du Centre

FICHES D'IDENTIFICATION CONFIDENTIELLES

AGENTS SPÉCIAUX

AFFECTÉS AUX AFFAIRES PARANORMALES

MARTIN

Jeune, sportif, toujours prêt pour l'aventure et l'action. Il est irrésistiblement attiré par tout ce qui est étrange et de préférence gluant, ce qui dégoûte sa sœur ! Agent spécial volontaire, il remplit les missions les plus extraordinaires, affrontant aliens de tout poil et créatures diaboliques.

Commentaire de Mom, directrice du Centre : « Garçon plein de charme, mais dont les idées tordues peuvent aussi bien sauver le monde que provoquer d'incroyables dégâts très coûteux. »

CONFIDENTIEL

Diana

Contrairement à Martin, son demi-frère, Diana est studieuse, sérieuse, ponctuelle et raisonnable. Elle est connue pour ses remarquables qualités intellectuelles. Par contre, lorsqu'il s'agit de passer à l'action, elle n'est plus aussi douée... Avec son grand frère, elle fait des étincelles, dans tous les sens du terme. Commentaire de Mom, directrice du Centre : « Jeune fille aussi séduisante qu'intelligente mais qui ne supporte pas les blagues de son frère. »

CONFIDENTIEL

JAVA

Fidèle complice de Martin et Diana, Java est un homme de l'âge de pierre ramené d'une mission transdimensionnelle.

Remarquablement en forme malgré ses 20 000 ans, il leur prête sa formidable force physique dans leurs missions les plus dangereuses. Assez peureux, il lui arrive de se comporter comme un enfant de quatre ans…

CONFIDENTIEL

MOM

Cette femme aussi belle que mystérieuse est la directrice du Centre et supervise d'une main de fer toutes les enquêtes paranormales secrètes à travers le monde. Elle a un faible pour les inventions révolutionnaires et pour son agent le plus délirant et le plus doué, Martin Mystère !

CONFIDENTIEL

BILLY

Ce petit extraterrestre qui ne se déplace qu'à bord de sa mini-soucoupe volante est l'assistant personnel de Mom. Il rêve d'avoir autant de succès que Martin avec les filles et autant de courage au cours des missions. Même s'il a peur de tout, on peut toujours compter sur Billy pour donner la bonne information au bon moment…

CONFIDENTIEL

chapitre 1

Le compte à rebours était lancé : la sonnerie annonçant le début des cours allait retentir. Dans les couloirs de la célèbre université de Torrington, les élèves à moitié réveillés couraient dans tous les sens pour rejoindre leurs salles. Insensible à cette atmosphère agitée, Martin traversait le grand hall d'une démarche nonchalante. Avec son allure de sportif en goguette et sa chemise de surf aux couleurs vives, il avait davantage l'air d'aller à la plage qu'à un cours de biologie…

Diana surgit précipitamment et le rattrapa.

– Martin, dépêche-toi, tu vas encore être en retard !

– Bien le bonjour, sœurette. Sauf erreur, c'est toi qui cours, c'est donc toi qui risques d'être en retard…

– Et tu n'as même pas ton livre de bio…

– Quelle importance ? Le pauvre M. Black ne voit pas au-delà du deuxième rang, et je suis au dernier.

– Belle mentalité ! J'imagine que tu n'as pas non plus entendu parler de l'annonce…

– Quelle annonce ? Ils ont enfin décidé de reconnaître le tir de noyaux d'olives comme discipline universitaire ?

– Non, Martin. Ce matin, le directeur Pebbleton doit venir nous faire une annonce officielle.

– Et alors ?

– Ça n'arrive jamais, ça doit sûrement être important !

– Et que crois-tu qu'il va nous dire ? Que la cantine va enfin nous servir des aliments comestibles ? Qu'ils vont repeindre la bibliothèque, et la bibliothécaire par la même occasion, parce que les deux en ont bien besoin ?

Devant la porte de la salle de cours, Martin poursuivit :

– Crois-moi, Diana, la seule bonne nouvelle que Pebbleton pourrait nous annoncer, c'est que cette université ferme et qu'ils nous donnent nos diplômes sans nous faire passer d'examens !

– Mon pauvre Martin, tu crois encore au Père Noël !

– Bien sûr, ça fait d'ailleurs bien longtemps que je ne l'ai pas vu…

Dans la classe, discussions, rumeurs et confidences allaient bon train. Les étudiants essayaient de deviner pourquoi leur professeur, M. Black, n'était pas encore là.

Martin prit place au fond et adressa un sourire ravageur à la belle Nancy, assise juste à côté de lui.

– Bonjour, jeune beauté…

– Salut, Martin.

– Tu as coupé tes cheveux et je trouve que ça te va drôlement bien…

– J'ai la même coiffure depuis trois mois. Ça fait plaisir de voir à quel point tu fais attention à moi.

– Désolé, Shannon, au temps pour moi. Ça ne vaut pas la peine de t'énerver.

– Moi, c'est Nancy, et toi, t'es le roi des mufles !

– Oups…

Martin ne savait plus où se mettre. Il était rouge comme un camion de pompiers. L'entrée de Pebbleton provoqua une diversion salutaire et détourna la colère de sa voisine.

Le directeur monta sur l'estrade et lança un regard circulaire.

– Bonjour, mesdemoiselles et messieurs. Puisque je suis le responsable de cette université, il est de mon devoir de vous faire part d'une bien triste nouvelle : M. Black, votre très estimé professeur de biologie, ne reviendra pas. Il a soudainement pris sa retraite.

L'annonce fut aussitôt accueillie par des cris de joie. Les élèves dansaient, jetaient leurs feuilles en l'air. Seule Diana faisait la tête. Elle se redressa et, avec une voix de tragédienne, s'écria :

– Mais c'est impossible ! M. Black ne peut pas abandonner l'enseignement comme ça ! C'est un merveilleux professeur et il a encore beaucoup de choses à nous apprendre ! La semaine dernière, il nous parlait de ses études passionnantes sur les araignées...

Voyant que sa déclaration n'avait aucun effet sur les manifestations de liesse de ses camarades, Diana baissa les yeux tristement.

– Je comprends votre dépit, mademoiselle Lombard, déclara le directeur, mais rassurez-vous : notre université a tout mis en œuvre pour lui trouver un remplaçant à la hauteur de vos ambitions, et je

suis heureux de vous annoncer que, dès ce matin, vous avez un nouveau professeur !
La classe se figea. Dans le silence soudain revenu, les feuilles de cours achevaient de retomber en planant. Envolés, les espoirs d'heures de cours annulées ; piétiné, le doux rêve de travailler moins...
Martin se prit la tête entre les mains et marmonna :
– Faites au moins que ce soit une jolie fille qui remplace le vieux Black. Je crois que si la prof était mignonne, j'aurais de bien meilleures notes...
Pebbleton lança alors :
– Je suis heureux de vous présenter Mlle Olivia Mandale.
Une élégante silhouette franchit le seuil de la classe. Martin, gêné par les têtes de ses camarades, se leva d'un bond pour découvrir sa nouvelle enseignante.

Elle avait de l'allure, une démarche féline... Mais tout à coup, derrière les fines lunettes de prof, le jeune homme eut l'épouvantable surprise de reconnaître la directrice du Centre, Mom...

Diana se tourna vers lui et, discrètement, murmura :

– Tu as vu, Martin ? Mlle Olivia Mandale : M.O.M... C'est fort, non ?

– C'est un cauchemar ! répliqua le jeune homme. Black ne me laissait pas tranquille mais là, je sens que je vais vivre un enfer. Au secours ! Rendez-nous le vieux Black, ma sœur a raison, il était si gentil !

Mom prit place sur l'estrade et salua la classe d'une voix impériale.

– Bonjour à tous !

– Les pauvres petits, fit Martin en songeant à ses camarades. Rien ne les a préparés à affronter une prof aussi impitoyable ! Les moyennes vont chuter et atteindre les abysses...

Martin imaginait déjà les scènes de lamentation, les larmes, ses camarades tentant de s'enfuir par les fenêtres.

– Un problème, élève Mystère ?

Le jeune homme sentit un frisson de terreur courir le long de sa colonne vertébrale.

– Non, madame Mom, tout va bien.

Il se mit à toussoter avec insistance.

– Je me demande juste si je ne suis pas en train de tomber gravement malade. Je risque d'être absent un moment...

En entendant Martin appeler la nouvelle prof « Madame Mom », la classe avait explosé de rire.

– Puis-je vous voir un instant en particulier, demanda Mom en fusillant Martin du regard par-dessus ses jolies lunettes.

– Bien sûr, mademoiselle, Mom, enfin madame Mandale...

Le jeune homme la rejoignit et ils s'isolèrent près du tableau.

– Vous avez l'air étonné de me voir, Martin.

– Mais non, pas du tout, c'est toujours un plaisir...

– En êtes-vous sûr ? Parce que, à la réflexion, vous ne semblez en effet pas surpris, mais carrément paniqué.

– Pas du tout !
– Vous vous demandez ce que je fais ici ?
– Un peu…
– J'assure une mission temporaire hors du Centre. Je suis venue personnellement pour vous.
– Pour moi ! fit Martin, au bord de l'évanouissement.
– Vos résultats scolaires sont insuffisants, particulièrement en biologie. J'ai décidé d'intervenir pour vous aider à les améliorer.
Mom se pencha vers le jeune homme avec un air plus décidé que jamais et ajouta :
– Vous allez m'avoir sur le dos jusqu'à ce que vos notes soient excellentes. C'est bien compris ?

– Parfaitement. Mais qui dirige le Centre en votre absence ?
– J'ai confié les affaires courantes à Billy.
– À Billy ? répéta Martin, incrédule.
– Je suis certaine qu'il se montrera à la hauteur. Et maintenant, retournez à votre place.

Martin n'avait aucun doute sur la façon dont Billy allait diriger le Centre. Vingt fêtes devaient déjà être prévues avec des boules à facettes au plafond et la musique à fond…
Quand le jeune homme se laissa retomber sur sa chaise, il était blême. Les surprises n'étaient pas terminées pour autant…
– Mesdemoiselles, messieurs, j'ai examiné les cours de M. Black. Ils ne manquent

pas d'intérêt mais, pour ma part, j'ai l'habitude d'enseigner de manière beaucoup plus approfondie... Je vous ai donc préparé moi-même de nouveaux manuels.

Mom dévoila une gigantesque pile d'ouvrages. Ses nouveaux livres d'étude étaient plus gros que des annuaires !

Un vent de panique souffla sur la classe.

– J'avais bien dit qu'ils n'étaient pas prêts à affronter Mom... commenta Martin.

L'enseignante de choc poursuivit, implacable :

– Pour demain, je vous demande de lire les soixante-dix premiers chapitres, et il va sans dire que vous serez interrogés, particulièrement Martin Mystère...

Du fond de la classe, une plainte monta :

– Black, revenez, je vous aimais tant !

chapitre 2

Dans les allées du parc de l'université, les élèves de Mom se reconnaissaient facilement. Tous portaient leur nouveau livre de biologie comme les bagnards traînent leur boulet. Même Diana trouvait que, cette fois, c'en était trop.

– Je n'arrive pas à croire qu'elle nous ait fait ça, grogna-t-elle.

– Depuis le temps que je te le répète : cette université les rend tous fous ! s'exclama Martin. Il faut dire que Mom avait des prédispositions. En matière de tyrannie, elle était déjà super au point...

– J'aurais bien voulu pouvoir saluer M. Black. Je trouve bizarre qu'il soit parti si vite. Tu y crois, toi, à son histoire de retraite ?

– Quelle importance ? Notre problème, ce n'est pas la retraite de Black, c'est l'arrivée de Mom !

Au-delà des jardins et des massifs parfaitement taillés, Diana crut soudain apercevoir son vieux professeur de biologie.

– Ce n'est pas M. Black, là-bas, sur le parking ?

– Si, c'est lui. Il n'a pas l'air heureux, pour un homme qui est désormais en vacances.

– Je vais le voir, décida Diana en s'élançant.

– Je t'attends ici : il serait bien capable de me proposer des cours particuliers...

Diana arriva, essoufflée, tandis que l'homme finissait d'entasser ses affaires dans le coffre de sa voiture.

– Bonjour, monsieur Black ! Alors, comme ça, vous nous quittez ?
– Mademoiselle Lombard, que faites-vous là ?
– Je voulais juste vous souhaiter une bonne retraite.
Le regard de M. Black s'assombrit.
– Je ne prends pas ma retraite, lâcha-t-il, j'ai été renvoyé... Ces incapables refusent de reconnaître la valeur de mes travaux.

Même ce lâche de Pebbleton n'a pas levé le petit doigt pour me défendre. Ils sont jaloux parce que, moi, je fais des découvertes...

– Oh ! Je suis désolée, répondit Diana. Que vont devenir vos travaux sur les araignées ?

– Ce n'est pas votre affaire. Et maintenant, laissez-moi, je dois y aller.

Diana fut surprise de son accueil glacial. Cela ne correspondait pas à l'image qu'elle s'était faite de cet homme. Alors que l'ancien professeur ouvrait sa portière, la jeune fille remarqua une marque rouge et enflée sur son poignet. Cela lui fit penser à une piqûre d'insecte particulièrement virulente...

À cette heure tardive, l'université de Torrington avait sombré dans une douce torpeur. Le clair de lune baignait le parc d'une lumière bleutée. Les salles de classe et les halls étaient déserts. Seuls quelques étudiants studieux travaillaient encore à la bibliothèque. Entre les immenses rayonnages remplis de livres anciens, les tables vides pour la plupart s'alignaient dans le calme de la nuit.

Installé à la dernière, tout au fond, Martin révisait avec Diana.

– Maintenant, je sais pourquoi je n'aime pas cet endroit, murmura le jeune homme. Regarde ces recoins sombres et ces ombres aux formes inquiétantes. Quant à la tête de la bibliothécaire ! On se croirait dans un film d'horreur.

– Si tu ne connais pas tes leçons de bio sur le bout des doigts, c'est demain que tu plongeras en plein film d'horreur, avec toi dans le rôle de la victime, et Mom dans celui de la tueuse psychopathe.

Martin essaya de réciter un extrait de l'énorme ouvrage ouvert devant lui, mais il se trompa à nouveau. De dépit, il se frappa le front contre le livre.
– Martin, tu es censé te taper ce manuel, pas te taper la tête dessus. Allez, courage...

À l'autre bout du campus, le bâtiment administratif était lui aussi désert. Seul le directeur Pebbleton s'était attardé pour compléter quelques dossiers en cours. Basculant dans son fauteuil, il consulta sa montre et trouva que la journée avait été suffisamment longue. Il mit un peu d'ordre sur son bureau, éteignit son ordinateur et sortit.
Le couloir était plongé dans la pénombre. Le directeur longeait l'interminable corridor, perdu dans ses pensées, lorsqu'un bruit étrange attira son attention.

– Il y a quelqu'un ? lança-t-il.
Pas de réponse. Par la fenêtre, la faible lumière du clair de lune laissait beaucoup de zones d'ombre autour de lui.

Pebbleton ralentit le pas, l'oreille en alerte. Il ne tarda pas à entendre de nouveau ce mystérieux frottement, comme des pattes sur le parquet. Cela semblait venir de derrière lui. Il tourna la tête mais ne vit rien.

– Allons bon, s'il y a des rats, il va falloir que j'en parle à Java demain, fit-il à voix haute pour se rassurer.

Plus le directeur avançait, plus les bruits lui semblaient proches. Il était de plus en plus mal à l'aise. Il fit brusquement demi-tour pour essayer de surprendre ce qui le suivait. Toujours rien à part le couloir vide et obscur.

Tout à coup, ce fut comme si une ombre le frôlait. Il fit volte-face et, cette fois, son regard fut attiré vers le plafond. Il distingua une forme énorme, munie de pattes, qui se tenait juste au-dessus de

lui. Il poussa un cri étranglé de terreur et se mit à courir.
– Mon Dieu, une araignée géante ! Au secours !
La créature était horrible. Sa taille, ses longues pattes et son gros abdomen gonflé en faisaient un monstre digne des plus grands films d'épouvante. Pebbleton s'enfuit à toutes jambes, mais l'araignée le suivit sans peine, jouant même à l'affoler un peu plus en l'effleurant de ses immenses pattes velues…
– Sale bête ! s'écria le directeur. Va brûler en enfer !
L'effroi de Pebbleton monta encore d'un cran lorsque la créature lui répondit d'une voix terrifiante :
– C'est toi qui vas aller au diable…
Courant à perdre haleine, Pebbleton ne se rendit pas compte qu'il fonçait droit

sur une immense toile d'araignée tendue en travers du couloir. Lorsqu'il fut brutalement arrêté dans sa course par les fils gluants, il poussa un cri déchirant qui résonna dans tout le campus. Il était pris au piège, à la merci de l'atroce créature.

Martin releva soudain le nez de son livre.
– Tu n'as pas entendu quelqu'un crier ? demanda-t-il à sa sœur.
– Si, répondit Diana, et je crois même que c'était le directeur.
– Comment peux-tu le reconnaître à un cri ?

– Parce que je l'ai déjà entendu te hurler dessus plus d'une fois.
– Ça ressemblait plutôt à un cri de panique, commenta Martin.
– Tu as raison. Nous ferions mieux d'aller voir.
– Allons donc secourir ce bon vieux Pebbleton, comme ça la soirée sera vraiment fichue ! La totale, quoi. D'abord, je révise jusqu'au milieu de la nuit et ensuite, j'aide le directeur. Si avec ça on ne me remet pas une médaille…

En remontant vers les bureaux de l'Administration, Martin et Diana inspectèrent les couloirs sans rien relever d'anormal.

Alors qu'ils pensaient ne plus rien découvrir, le jeune homme repéra une chaussure dans un recoin.

– Le mocassin de Pebbleton ! déclara-t-il, triomphal.

– Comment peux-tu être certain que c'est le sien ?

– À part lui, personne ici n'oserait encore porter ce genre de pompes. Et puis cette odeur...

Martin examina la chaussure sous tous les angles et remarqua une trace suspecte.

– Tiens, tiens, fit-il en haussant un sourcil. Il semble que cette matière translucide et visqueuse soit un indice intéressant !

Il déclencha son chrono-scan en mode visco-analyse. L'engin ultra-sophistiqué lui présenta une petite éprouvette et une baguette pour les prélèvements. Martin recueillit un échantillon et le glissa dans sa poche.

Diana déclara :

– En attendant les résultats, on devrait aller prévenir Mom.

– Pour qu'elle me colle une interro surprise au beau milieu de la nuit ?! D'un autre côté, elle sera peut-être plus indulgente demain si elle voit qu'on est en mission... Finalement, tu n'as pas tort, allons-y.

Arrivé devant la porte de Mom, Martin n'en menait pas large. Lui qui n'avait peur de rien n'avait jamais osé s'aventurer dans le secteur des chambres des profs.

– Nous voici au cœur de l'antre des monstres, fit-il d'une voix sépulcrale. Je les imagine, allongés dans leurs cercueils, en train de siroter le sang des pauvres élèves qui leur ont encore servi de victimes aujourd'hui...

Diana haussa les épaules et frappa chez leur supérieure. La porte s'ouvrit brutalement, révélant Mom avec des bigoudis dans les cheveux et le visage couvert d'une boue brunâtre.

Martin poussa un petit cri de peur et recula d'un bond.

– Arrière, espèce de monstre ! gronda-t-il. Libère tout de suite notre directrice bien-aimée !

Lorsque Mom lui jeta un œil assassin, Martin la reconnut sans le moindre doute et tenta de se ressaisir. Leur supérieure grommela :

– J'espère que vous avez une bonne raison de me

déranger à une heure pareille parce que sinon, je vous rajoute une dizaine de questions à l'interro de demain...

– C'est Diana qui a eu l'idée, madame Mom. Moi, je révisais à la bibliothèque...

Diana fusilla son frère du regard et expliqua :

– On a entendu le directeur hurler et il a disparu...

Martin exhiba la chaussure.

– Nous avons trouvé son mocassin et nous y avons relevé des traces étranges, comme des résidus de toile d'araignée. Mais le fil est d'une grosseur impressionnante. Il s'agit certainement d'une araignée géante...

Mom jeta un coup d'œil dégoûté sur la chaussure et déclara :

– Gardez vos blagues douteuses pour les ateliers d'écriture et retournez

apprendre vos leçons de biologie parce que, dans quelques heures, vous allez vivre le pire contrôle de votre vie...

Martin sentit un nouveau frisson glacé lui parcourir l'échine. Pour changer de sujet, il proposa :

– Vous voulez que j'analyse ce que vous avez sur la figure ?

Mom leur claqua la porte au nez.

Martin s'engouffra dans sa chambre comme un ouragan. Sa sœur le suivit et ferma la porte derrière eux.

– Non mais tu te rends compte ? s'indigna le jeune homme. Mom croit que je suis prêt à raconter des histoires pour ne pas faire mes devoirs...

– Tu as raison, c'est honteux, ironisa Diana, qui se retenait de rire. On se demande bien comment elle a pu te soupçonner d'une chose pareille, ça te ressemble si peu...

Martin se dirigea vers son bureau et fit pivoter deux de ses trophées de sport. Un mécanisme secret se déclencha et la cloison de sa chambre se releva, révélant un mini-laboratoire dissimulé dans le mur.

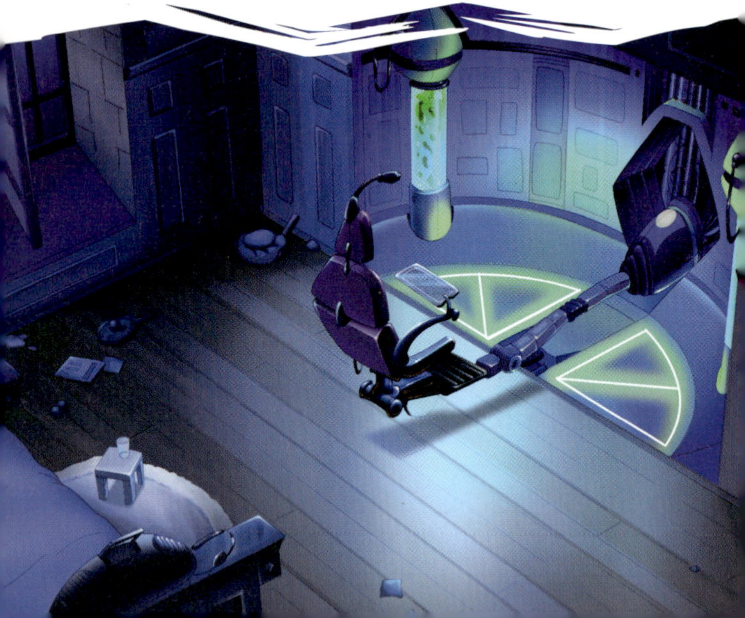

– Et maintenant, voyons ce que l'échantillon prélevé sur la chaussure de Pebbleton peut nous apprendre…

Diana s'approcha et regarda son frère manipuler les appareils de haute technologie avec une dextérité remarquable. Le jeune homme prit le tube dans sa poche, le glissa dans l'analyseur et entra les données sur le clavier.

La machine crépita quelques instants avant d'afficher les résultats de la recherche.

– Bingo ! s'exclama Martin. C'est bien une araignée qui a fabriqué ce fil. Le comparateur génétique nous indique qu'elle est de la famille des *Scytodes thoracica*, également connue sous le nom d'araignée cracheuse parce qu'elle projette une toile collante sur ses proies.

– Cela ne nous dit pas pourquoi il y en avait sur le mocassin du directeur…

Une nouvelle information s'afficha sur l'écran. Martin commenta :

– D'après l'ordinateur, cette espèce n'existe pas sur notre continent…

– Le mystère s'épaissit !

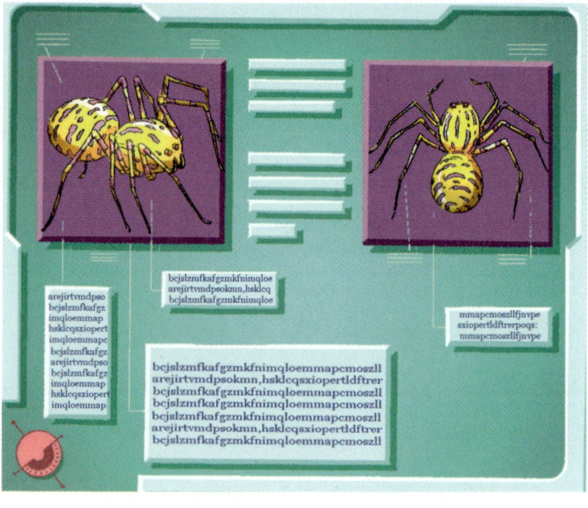

Les deux jeunes gens étaient en train de réfléchir lorsque la machine crépita à nouveau. Martin contrôla l'écran et vit apparaître d'autres données.

– On dirait que l'analyseur génétique n'en a pas fini avec cet échantillon.

Il écarquilla les yeux en lisant les nouveaux éléments.

– C'est incroyable, l'ADN de la créature qui a produit cette toile contient des traces de gènes humains !

– Cela signifie que ce qui s'est attaqué à Pebbleton est à moitié humain et à moitié araignée ?

– Quelque chose comme ça, oui.

– Je ne suis pas pressée de rencontrer cette... créature. On devrait peut-être retourner en parler à Mom ?

– Pour qu'elle transforme sa maudite interro en interrogatoire musclé ? Pas question ! On attend demain !

chapitre 4

Entre les révisions de biologie et les nombreuses questions que soulevaient les découvertes de la nuit, Martin et Diana n'avaient pas beaucoup dormi. Ils remontaient à présent l'allée du parc qui longeait les majestueux bâtiments pour rejoindre leur salle de cours.

– Dépêche-toi, Martin. Il faut absolument qu'on parle à Mom avant le début de l'interro.

– D'habitude, c'est pour sortir de classe que je me presse, pas pour y aller ! Et puis, j'ai la tête comme une balle de base-ball après un match. Je ne suis même plus certain de connaître mon nom…

– Ne me dis pas que tout ce que je t'ai fait réviser cette nuit t'est déjà sorti du crâne, parce que là, je crois que je pourrais te frapper !

Martin fit la mine d'abruti qui énervait tant sa sœur et lui lança :

– Qui es-tu ? Tu as une drôle de forme et ton odeur me rappelle la pâtée pour chat…

Diana se jeta instantanément sur son frère.

– Je vais te faire revenir la mémoire à coups de…

Une de leurs camarades de classe s'approcha d'eux et interrompit Diana dans son élan.

– Salut ! Vous savez quoi ? Mlle Mandale est absente ! On a deux heures de libres !

La jeune fille continua sa route, toute à sa joie.

– Mom, absente ? s'étonna Diana.

Martin tomba à genoux, les mains levées vers le ciel.

– Merci, ô tout-puissant ange gardien qui veille à ma destinée ! Me voici délivré de l'interro fatale. Et tu voudrais que je ne croie pas au Père Noël ?

– Arrête de faire l'imbécile, Martin. Mom n'avait pas l'air malade hier soir et je ne vois pas ce qui aurait pu l'empêcher de venir…

– Pas malade ? Tu as vu ce qu'elle s'était mis sur la figure ? Sans rire, je crois qu'il s'agit d'un miracle. Les dieux ont enfin compris qu'ils ne devaient pas me maltraiter comme ils le font.
– Tu vas te calmer, sinon, je t'assomme pour de bon…
Martin tendit à nouveau les bras au ciel, implorant :
– Ange gardien, sois bon, fais disparaître cette sœur vraiment trop nulle !
– Pauvre dingue !

Martin remarqua qu'autour d'eux de plus en plus d'étudiants sautaient de joie, visiblement soulagés…
– Allons bon, fit-il, mon ange gardien travaillerait-il pour tout le monde ?
Diana arrêta une jeune fille d'une autre classe et lui demanda :

– Salut, vous avez tous l'air super-contents. Que se passe-t-il ?
– Il y a plein de profs absents, c'est génial !
Diana fit semblant de partager son enthousiasme et se tourna vers Martin.
– C'est louche. Il se passe décidément quelque chose…
– L'école sans profs, le rêve !
Diana saisit le poignet de son frère et activa son chrono-scan.
– Mais qu'est-ce que tu fais ? réagit Martin.
– Je contacte le Centre pour savoir si Billy a des nouvelles.

Sur l'écran miniature s'afficha le visage du petit extraterrestre. Il avait les traits tirés et une musique poussée à plein volume couvrait presque sa voix.

– Billy ? Qu'est-ce que c'est que ce cirque ? s'exclama Diana. Tu fais une boum ou quoi ?
– Salut Diana, répondit Billy, très gêné. Non, c'est rien, je suis avec des collègues vénusiens, on fait des études sur les vibrations...
– Mon œil ! intervint Martin, tu fais la fête parce que Mom a le dos tourné !
Billy rougit instantanément. Ça faisait un joli contraste avec son teint vert.

– Pas du tout !
– Tu parles, même de là, on voit les spots derrière toi et tes copines qui dansent ! Mom ne va pas aimer quand elle apprendra que tu transformes le Centre en boîte de nuit !
– Ne lui dites rien, par pitié, je ferai ce que vous voudrez !

– On en reparlera, déclara Diana. En attendant, on appelle pour savoir si tu as de ses nouvelles.
– Pas depuis hier soir. Elle doit vraiment me faire confiance...
Martin expliqua :
– Nous avons vu Mom tard dans la nuit, et ce matin elle a disparu. Ce n'est pas la seule prof de notre université, d'ailleurs.
Diana se pencha sur l'écran.

– Un conseil, Billy : à ta place, je passerais en état d'alerte, parce que si la directrice du Centre a disparu et que tu ne fais rien pour la secourir, ce sera presque aussi grave que si elle découvre ce que tu fais en son absence !
– Compris, Diana, on range les bouteilles et on coupe la musique. Allez, les filles, on remballe !

Martin coupa la communication et déclara :
– Les profs absents ont forcément prévenu le secrétariat. Il serait intéressant de savoir ce qu'ils ont donné comme

excuse. Il s'agit peut-être d'une intoxication alimentaire généralisée.
– Tu as raison, on va vérifier qui a appelé.
Martin eut un sourire machiavélique :
– Il y a un moyen plus simple que d'aller mendier des informations au secrétariat.
– Ah oui, et lequel ?
– Les infos reçues sont forcément répercutées sur l'ordinateur du directeur...

chapitre 5

Avec son énorme trousseau de clés à la main, Java ressemblait à un gardien de prison.

– Tu es certain de pouvoir nous faire entrer ? demanda Martin.

– Pas de problème, lui répondit le géant préhistorique en agitant l'anneau qui regroupait tous les doubles des clés de l'université.

– Et tu sais laquelle ouvre le bureau de Pebbleton ? insista Diana.
Java fronça les sourcils. Le trio arriva devant la porte.
– À toi de jouer, fit Martin à son ami.
Java observa le trousseau d'un air dubitatif, soupira, puis donna un grand coup d'épaule dans la porte. Le chambranle éclata sous la puissance du choc et le battant s'ouvrit en grinçant.

– C'était bien la peine d'avoir les clés ! commenta Diana.

Java désigna son épaule et, avec un grand sourire, déclara :

– Ça être clés !

Martin pénétra le premier dans le bureau du directeur. Sans hésiter, il alla s'asseoir dans le grand fauteuil du maître de l'université et se mit à l'aise. Il soupira :

– C'est un peu chez moi, ici. Je me suis si souvent retrouvé dans cette pièce que je la connais aussi bien que ma chambre.

Martin regarda tout autour de lui avec un grognement de satisfaction. Il ajouta :

– C'est plus calme quand Pebbleton n'est pas là pour me hurler dans les oreilles.

Diana alluma l'ordinateur sur le bureau. Martin parut subitement très intéressé.

– On pourrait peut-être entrer dans le fichier des élèves et modifier mes notes…
– On n'est pas là pour ça, coupa Diana. Vérifions sa messagerie électronique.

La jeune fille s'affairait au clavier. Un à un, les différents messages reçus des services administratifs de l'université s'affichèrent sur l'écran.
– Les échanges datent d'hier, observa Martin. Regarde, il a même répondu à un mail à 23 heures 45.
– Quelques minutes seulement avant qu'on ne l'entende hurler… réfléchit Diana.
– Cela n'explique pas l'absence massive de professeurs ce matin, reprit Martin. Il n'y a aucun message du secrétariat signalant les appels.

Java se souvint tout à coup d'une chose et plongea la main dans sa poche. Il en sortit une feuille qu'il déplia.

– Je avoir oublié vous dire. Ce matin, près de porte de service, Java avoir trouvé ça.

Il tendit le document à Diana.

– Une liste de professeurs !

– Et elle correspond exactement à ceux qui sont absents, commenta Martin en jetant un coup d'œil par-dessus l'épaule de sa sœur.

– M. Stevens, Mme Armstrong, Mlle Mandale, Mme Lewis et tous les autres... Il n'en manque pas un. Que peuvent-ils avoir en commun ?

– À part me compliquer la vie et me faire cauchemarder, je ne vois pas, ironisa Martin.

Diana réfléchissait à toute allure. Java s'exclama soudain :

– Tous être profs de science !

– Exact ! fit Diana en claquant des doigts. Et quelle est la probabilité pour que tous les profs de science tombent malades la même nuit ?

– C'est impossible… sauf si cela a un rapport avec le départ de M. Black.

– Tu penses à la même chose que moi, Martin ?

– J'en doute, à moins qu'il s'agisse de filles ou de nourriture ! Mais en ce qui concerne notre affaire, je crois en effet que nous devrions rendre une petite visite à celui qui semble être au centre de cette énigme…

Devant la maison de M. Black, un pimpant pavillon, tout paraissait en ordre. Diana admira les buissons de roses.

– Un homme qui entretient son jardin avec autant de soin ne peut pas être mauvais, commenta la jeune fille. Nous nous trompons sûrement à son sujet.

Java respira les fleurs et Martin répondit :

– Diana, tu ne peux pas juger quelqu'un en regardant son jardin.

Java frappa si fort à la porte que les murs tremblèrent. M. Black apparut avec un large sourire.

– Quelle excellente surprise ! Diana, mon élève favorite, avec son bon à rien de frère, et il y a même l'homme à tout faire de cette vénérable université ! Entrez donc, j'allais justement me préparer un thé...

chapitre 6

Confortablement installés dans le canapé du salon chez leur ancien professeur, les trois jeunes gens n'en revenaient pas. M. Black se montrait adorable et remarquablement attentionné. Avec des gestes de maître d'hôtel, il servit une tasse de thé à chacun.

– Vous prendrez du sucre ? demanda-t-il à Diana.

– Non, merci.

Il se tourna vers Java qui, à lui seul, occupait la moitié du sofa.
– Et vous ?
– Java aime bien sucre. Mettez vingt-trois morceaux... s'il vous plaît.
Diana lui envoya un grand coup dans les côtes et rectifia :
– Il plaisante, monsieur Black. Un seul suffira.
L'homme s'exécuta avec courtoisie et enchaîna :
– Votre visite me fait bien plaisir, même si elle est assez surprenante.
Pendant que Martin s'attaquait aux petits gâteaux avec la rage d'un affamé, Diana expliqua :
– Nous voulions nous assurer que tout allait bien pour vous. Vous m'avez paru tellement contrarié hier au sujet de votre retraite...

– En effet, Diana, j'étais en colère, mais la nuit porte conseil et, après réflexion, je m'aperçois que ce qui m'arrive est une chance. Je vais enfin pouvoir m'occuper de la maison et du jardin qui en ont bien besoin…

Diana jeta un coup d'œil discret à la pièce et constata que le salon était comme les massifs qu'elle avait remarqués en arrivant : impeccable.

Martin écoutait d'une oreille distraite. À lui seul, il avait englouti l'assiette de biscuits. Son visage était couvert de miettes, sans compter celles qu'il avait répandues sur le tapis.

De son côté, Java ne lâchait pas le sucrier des yeux. Chaque fois que Diana détournait le regard, il volait un ou deux morceaux de sucre qu'il avalait tout ronds.

La jeune fille continua :
– Nous sommes bien contents de voir que vous réagissez de façon aussi positive.
M. Black lui sourit. Décidément, le tableau était trop beau. Diana trouvait que quelque chose ne collait pas. Elle remarqua un poster au mur : il représentait une araignée en gros plan. Diana n'avait pas fait attention jusque-là, mais le salon de M. Black était rempli d'objets et d'œuvres représentant des araignées. Elle qui en avait toujours eu peur se recroquevilla sur le canapé.
– Un peu plus de thé, Diana ? suggéra l'homme.
– Non, merci.

– Je ne repropose ni gâteaux ni sucre à vos compagnons, je crois qu'ils ont eu leur compte...

Diana ne releva même pas l'allusion tant elle était obsédée par les araignées qui peuplaient la pièce – sculptures, photos, peintures... Il y en avait de toutes sortes, de toutes formes. Les plus grosses avec les pattes bien velues la dégoûtaient particulièrement.

– Vous aimez toujours autant les araignées, à ce que je vois.

M. Black répondit du tac au tac :

– Et elles me le rendent bien...

Il s'interrompit, comme s'il avait trop parlé, puis changea de sujet.

– Et vous, les études, ça marche ?

Diana ouvrit des yeux ronds.
– Jusqu'à hier, monsieur Black, c'est vous qui nous mettiez des notes et remplissiez nos bulletins, vous êtes mieux placé que quiconque pour le savoir !
– Très juste, jeune fille, s'amusa l'homme. Vous voyez, je me fais à la retraite beaucoup plus vite que prévu !

Java jetait à présent des regards de côté et se grattait comme un animal couvert de puces : la vision de toutes ces images d'araignées lui démangeait l'imagination. Martin semblait, pour sa part, davantage dérangé par la disparition des gâteaux que par la décoration du salon.
– Bon, nous n'allons pas vous importuner plus longtemps, déclara Diana en se levant. Merci de votre accueil et n'hésitez pas à passer nous dire bonjour à l'univer-

sité. Je sais que cela fera plaisir à beaucoup.

– Vous êtes gentille, Diana, mais je n'en suis pas sûr. Il faut savoir tourner la page.

Le professeur raccompagna les trois jeunes gens jusqu'au perron de sa maison.

– Prenez soin de vous, leur lança-t-il en les voyant s'éloigner.

Il ajouta :

– Martin, essayez de doubler votre moyenne ! Ça ne fera toujours que deux sur vingt…

M. Black leur fit un dernier signe de la main et referma sa porte. Aussitôt, Diana se tourna vers ses compagnons.

– Vous n'avez rien remarqué ? demanda-t-elle.

– Si, répondit Martin. Ses gâteaux sont meilleurs que ses interros.

– Mais non, je veux parler de toutes ces images, ces objets avec des araignées. On dirait qu'il est obsédé.

– Java a bien vu. Java déteste sales bêtes.

Il se gratta encore le bras tant il était stressé. Martin fronça les sourcils et déclara :

– Venez ! Je suis certain que M. Black nous cache quelque chose, et il est temps de découvrir quoi…

Le trio contourna discrètement la maison du professeur. Martin s'approcha d'un soupirail de la cave, devant lequel il s'agenouilla en activant son chrono-scan en mode laser.

– Qu'est-ce que tu fais ? lui demanda sa sœur.

– Tu connais le proverbe : si tu as quelque chose à cacher, enterre-le sous tes pieds…

– Jamais entendu parler de ce dicton… fit Diana, sceptique.

Le premier barreau de la grille métallique céda sous le rayon rougeoyant. Les autres ne tardèrent pas à suivre. D'un geste expert, Martin força l'étroite fenêtre sans faire aucun bruit. Il se glissa dans l'ouverture, aussitôt suivi par sa sœur.

Les deux jeunes gens atterrirent dans une cave aussi sombre que poussiéreuse. La grande carrure de Java posait un problème. Il n'arrivait pas à se faufiler par l'ouverture.

– Java coincé !
– Allez, mon vieux, force un peu. On n'a pas le temps d'attendre que tu fasses un régime !
Diana avait déjà commencé à inspecter les lieux.
– Quelle horreur, grimaça-t-elle en se prenant les cheveux dans d'immenses toiles d'araignées.

Martin tenta d'y voir quelque chose, mais l'obscurité l'en empêchait.
– Je le savais ! déclara-t-il. C'est le repaire idéal, le nid parfait pour des monstres et des fantômes. Mes amis, nous sommes au cœur d'un cauchemar !
Son envolée lyrique fut brisée net : un bruit sourd retentit tout près de lui et un éclair lumineux inonda la pièce. Martin poussa un ridicule petit cri de surprise, avant de réaliser que Java venait de

s'écraser sur le sol après avoir arraché la moitié de la fenêtre et que Diana avait la main sur l'interrupteur électrique. Le jeune homme essaya de reprendre une attitude digne.

– Bien, nous voici enfin au complet et dans la lumière.

Ils se trouvaient dans une cave tout à fait classique, encombrée de vieux meubles, d'une ancienne télé et de casiers à bouteilles poussiéreux.

– Il n'y a rien de suspect ici, constata Diana. On ferait mieux de ressortir avant que M. Black ne nous trouve.

Alors que les trois amis se résignaient à faire demi-tour, d'étranges coups sourds résonnèrent.

– Vous avez entendu ça ? fit Martin.

– Java pas aimer « boum boum » qui vient du fond de la terre. La dernière fois, gros monstre est arrivé.

– On dirait que ça vient de par là, précisa Diana en désignant une vieille porte en bois.

Les coups se firent entendre à nouveau. Aucun doute : ils provenaient bien de derrière la porte…

– C’est sûrement chaudière à charbon qui tousse, supposa Java. Celle de Torrington fait même « boum boum ».
– Tu as vu le temps qu’il fait dehors ? objecta Martin. Ça m’étonnerait que le chauffage fonctionne.
Ils s’approchèrent de la mystérieuse porte. Il leur sembla soudain entendre des voix étouffées.
– On dirait des appels au secours, s’inquiéta Diana.
– Java, s’il te plaît, défonce-nous cette porte !

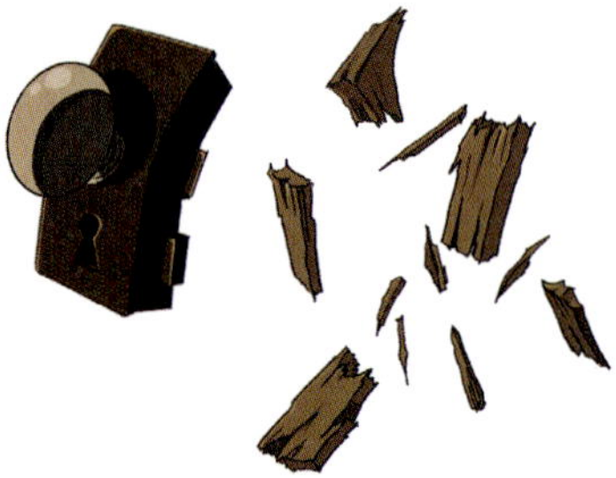

Lorsque les débris de la porte pulvérisée furent retombés au sol, les trois agents eurent la surprise de découvrir une vaste salle qui n'avait rien à voir avec une cave poussiéreuse. Face à eux s'étendait un immense laboratoire souterrain, équipé de tables couvertes de tubes à essais et d'alambics. Au fond, le long du mur, plus d'une dizaine de cocons géants étaient accrochés dans une gigantesque toile d'araignée. À l'intérieur, des formes se tortillaient en gémissant.

Après un mouvement de recul, Diana s'approcha de l'un des cocons.

– Le directeur Pebbleton ! s'exclama-t-elle en le reconnaissant à travers l'épaisse paroi de fil tissé.

– Professeur de science ! s'écria Java en désignant un cocon placé en hauteur.

– Et je viens d'apercevoir Mom, fit Martin.

Les victimes, impatientes d'être secourues, s'agitaient de plus belle et demandaient de l'aide d'une voix étouffée. Java monta sur une des tables pour essayer de dégager un enseignant, mais le fil était incroyablement solide et redoutablement gluant.

– Toile collante ! se plaignit-il.

Diana venait elle aussi de faire l'expérience de cette étrange matière.

– Mes mains sont engluées, grogna-t-elle.

Martin était tout aussi empêtré.

– Qui a bien pu faire ça ? se demanda le jeune homme à voix haute. C'est vraiment une matière répugnante. Avec quoi ç'a été fabriqué ?

– C'est entièrement naturel, je vous le garantis !

La voix de M. Black avait soudain résonné dans le laboratoire.

Les trois amis firent volte-face et découvrirent avec horreur que l'homme n'avait plus tout à fait l'allure d'un respectable professeur. Son torse nu était juché sur un corps d'araignée qui se déplaçait à l'aide de ses huit pattes. Java réussit à se dégager une main et se donna une énorme claque.

– Réveille-toi, Java, ça être cauchemar !

Terrifiée, Diana ne parvenait pas à détacher son regard de l'épouvantable créature mi-homme, mi-arachnide.

– Quelle monstruosité ! s'écria-t-elle. Et moi qui ne supporte pas les araignées !

Martin était fasciné.

– Quel exploit, monsieur Black ! Mon analyseur avait donc vu juste. Vous avez réellement réussi à combiner l'ADN d'une araignée au vôtre…

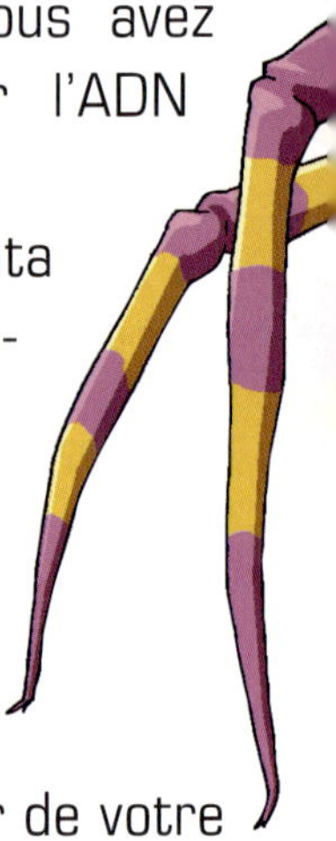

– Une brillante réussite, se félicita M. Black. Mais personne ne l'estime à sa juste valeur. Tous ces « grands professeurs » de l'université m'ont ri au nez… Ils font moins les fiers, maintenant !

– Votre tort a été de vous servir de votre savoir contre des personnes innocentes, souligna Martin.

– Mais qui ira le dire, puisque aucun de vous ne sortira de cette salle…

La menace était claire. L'homme-araignée avança en direction des jeunes gens. Ses pattes immenses et fines lui assuraient

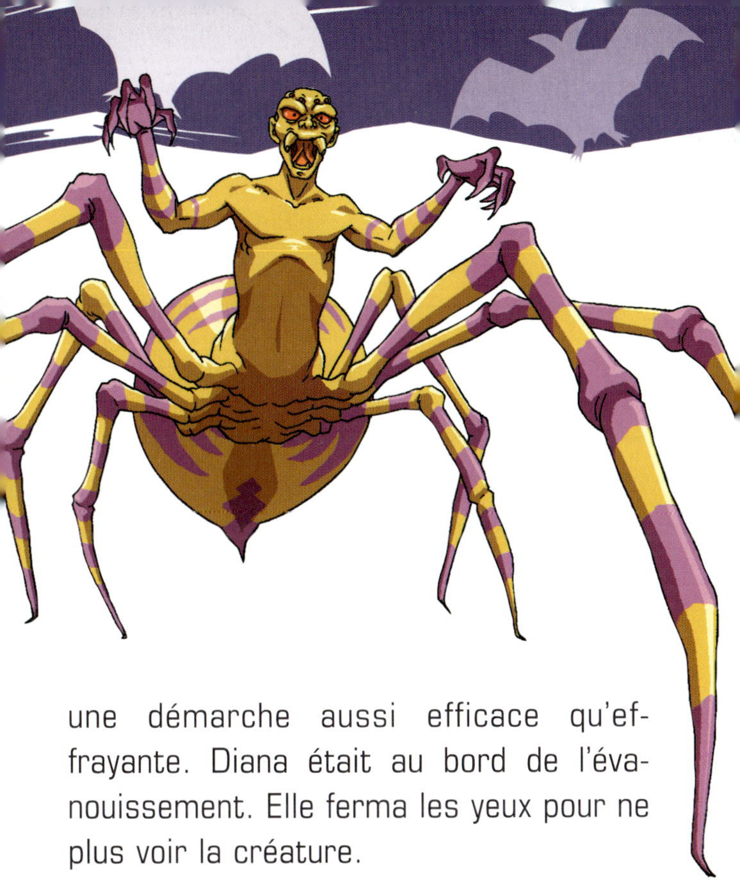

une démarche aussi efficace qu'effrayante. Diana était au bord de l'évanouissement. Elle ferma les yeux pour ne plus voir la créature.

– Et moi qui vous aimais bien… gémit-elle.

– Je ne sais pas ce qui me fait le plus peur, commenta Martin. Est-ce la partie araignée ou la partie prof ? Après tout, j'ai plus peur d'une interro que d'une piqûre !

– Vous pouvez faire le malin, monsieur Mystère, mais rira bien qui rira le dernier…

– C'est un proverbe humain, non ?

Très énervé, le monstre cracha un amas de toile sur Java, qui se retrouva cette fois ligoté pour de bon au cocon qu'il essayait d'ouvrir. Martin écarquilla les yeux de surprise.

– J'avais oublié, gronda-t-il, vous vous êtes combiné avec l'ADN de la *Scytodes*

thoracica, une araignée cracheuse qui projette une toile collante sur ses proies. Black éclata d'un rire satanique et lança une nouvelle toile sur Diana. Il se tourna alors vers Martin.

– J'ai gardé le meilleur pour la fin, ricana l'homme-araignée. Je vais pouvoir te faire payer toutes les blagues idiotes que tu m'as faites pendant les cours...

Martin n'arrivait toujours pas à dégager ses mains.

– Vous exagérez, monsieur Black, on a aussi eu de bons moments ! Et puis mes blagues n'étaient pas toutes idiotes !

Martin parvint à activer son chrono-scan en mode laser. Il sectionna la toile qui le retenait et sauta de côté, évitant de justesse le jet gluant que Black venait de cracher vers lui.

Martin effectua un roulé-boulé jusque derrière une table et lança :

– Vous avez fait une erreur, monsieur Black. Vous auriez gardé Mom et tous les autres profs prisonniers, je ne vous en aurais pas voulu. Mais vous vous en êtes pris à ma petite sœur et à mon vieux pote !

Une deuxième projection lui rasa la tête, renversant les éprouvettes posées à proximité. Martin esquiva, mais l'homme-araignée allait bien plus vite que lui, et ses hautes pattes lui permettaient d'emjamber n'importe quel obstacle.

– Où crois-tu pouvoir aller, comme ça ? éructa M. Black, rageur.

Les tirs poisseux se multipliaient, frôlant Martin. Le jeune homme se glissait de table en table, pour contourner Black, qui n'avait pas vu venir la manœuvre. Au bout de quelques minutes, le laboratoire était littéralement envahi de toiles collantes.

– Monsieur Black, j'ai une question pour vous, fanfaronna Martin. Est-ce que vous avez bien appris vos leçons ?
– Comment oses-tu, toi qui n'as jamais eu de note au-dessus de la moyenne !
Au comble de la fureur, le monstre arachnide projeta une série de jets de toile. Lorsqu'il cessa le tir, Martin sut que c'était le moment ou jamais. Il sauta sur une table puis bondit directement sur le dos du monstre.
– Règle numéro un ! hurla Martin, cramponné aux épaules de Black. Ne pas tirer

toutes ses cartouches d'un seul coup parce que, après, on n'en a plus !

Martin se livrait à une étrange séance de rodéo. En se débattant, l'homme-arachnide renversait tout sur son passage. De toute sa puissance, Martin se balança de gauche à droite, puis d'avant en arrière, et réussit à déséquilibrer la créature.

– Règle numéro deux, et vous auriez dû le savoir si vous aviez bien révisé : une araignée doit se méfier de ses propres toiles, car elle peut parfois s'y retrouver engluée.

Martin relâcha Black, qui finit par tomber. L'énorme corps s'effondra au beau milieu des toiles qu'il avait tissées pour capturer Martin. En quelques secondes, comme ses victimes, Black fut incapable du moindre mouvement. Martin se posta triomphalement sur une table et le toisa de toute sa hauteur.

– Alors, monsieur Black, qui aurait besoin d'une petite révision ? Je vous colle un gros zéro !

Sous l'effet de la colère et de la tension, le vieux professeur finit par reprendre son apparence humaine. Martin délivra Diana et Java et se dirigea droit sur le cocon de Mom.

– Si je la libère la première, souffla-t-il, elle m'épargnera peut-être…

D'un coup de laser, il ouvrit le cocon. Mom prit aussitôt une grande inspiration et se dégagea.

– Je suis votre sauveur, Mom ! plaida Martin. Vous ne me faites pas un petit sourire ?

– Agent Mystère, je vous ai entendu dire à ce monstre qu'il aurait pu nous garder... Rendez-vous dès ce soir pour le contrôle de bio !

– Malédiction ! gémit Martin, je passe ma vie à fréquenter des monstres !

Dans la même collection

Achevé d'imprimer en France
en avril 2008
par Pollina, 85400 Luçon
n°L45473

Dépôt légal : avril 2008